不登校 そして 鬱と

School phobia, And then Depression

如月一巳
KISARAGI Kazumi

文芸社

はじめに

皆さん、死なないでください。私は、不登校やうつ病に苦しみ、何度死の淵に佇んだことかわかりません。それはどちらも「怠けている」とか「根性がない」とか、世間の偏見にさらされて過ごしてきたからです。

不登校は、級友との人間関係や環境に馴染めない場合が原因のことが多いと思いますが、無理を押して子どもを学校に行かせることが良いとは思いません。

私は長期にわたり不登校でした。この時の気持ちは誰にもわからないし、子どもであるがゆえにうまく言葉にできずフラストレーションが溜まる毎日で、死んでしまいたいといつも思っていました。幸運にも、私に手を差し伸べてくれた大人との出会いが、死ぬことを踏みとどまらせてくれたのです。

うつ病はいまだ私を苦しめています。今は寛解という状態で、落ち着いてはいるものの通院は続けています。誰しもが持っている、休日が終わりに近づくと憂うつになってしまう「サザエさん症候群」をより強く感じる時があり、気力が湧かないことも時々あります。風邪や骨折と違って、外からは見えない病ですから、第三者には何を言っても言い訳のように受け止められ、歯がゆい時もあります。うつは死に繋がる怖い病気です。不登校の時以上に、何度、具体的に死について考えを巡らせたかわかりません。しかし、死ぬという選択肢を少しだけ先延ばししてみませんか。「生きていれば、きっと良いことがある」などときれいごとは言いません。でも、死ぬほどつらい日々を送っていたとしても、小さな一歩を踏み出してみてください。「小さな一歩なんて軽々しく言うな」と、この本を手にとってくださった皆さんからは叱責を受けるかもしれませんね。

不登校・引きこもりの方は、ネットゲームが唯一の社会との繋がり。社会人でうつ病などの精神疾患に悩んでいる方は、精神科医だけが社会との繋がり。このように、追い込まれているかもしれません。でも、これらを手がかりにしながら、オフ会でもいい、通院でもいい、そんな繋がりを大事にして広げていくこともりっぱな一歩です。

私は今勇気を出して、拙い文章をもって、人生で初めて筆をとりました。

拙著では、私の人生を大きく左右した出来事「不登校」「うつ病」について、第五章と、第十三章以降を、他の章よりも自身の経験を交えて丁寧に書くことを心がけました。

拙著は私個人のこれまでの生き方を綴っているため、一般的な事象が当てはまるわけではないかもしれません。私の歩んできた私個人の例ではありますが、私のこれまでの実体験を通して、少しでも皆さんの生きる道のヒントになれば幸いです。

もくじ

第一章　私の思い

私は五十代後半のサラリーマンです。

正確には正職員ではなく、一年更新の非常勤職員です。長年うつ病を患い、今は障害者雇用枠で働いています。

この障害者という生き方にたどり着くまで、さまざまな葛藤や紆余曲折がありました。何度も休職を繰り返し、休職当初は「ゆっくり休むように」と好意的にアドバイスをくれていた上司にも匙を投げられる始末でした。

やはり、病気は患った者にしかわかりません。うつであれ、癌であれです。

私はうつ病になって初めて、うつ病がこんなにもつらいもので、人から生気を奪うものとは…と毎日苦しんで生きてきました。一時は自殺も考え、どのようにすれば一番楽に死ねるのか、日々そんなことを考えていました。

電車への飛び込みは途方もない賠償金を請求されるだとか、練炭自殺は身体の自由が利かない状態で意識は最期まであり苦しいとか、こうした手段にまで頭が回る方は、まだ希望を持って生き抜いてください。

後先考えられるうちは正常だと思ってください。まだ引き返せると思ってください。何も考えられず、死ぬことばかり考えている方は、今一度立ち止まって、医師でもカウンセラーでも、あるいは自身の悩みに関連する講演会やグループワークでも良いので「生き抜く手がかり」を見つけてください。自殺はいつでもできます。それを行動に移すためのエネルギーを「生き抜く手がかり」を考えるエネルギーにもう一度振り向けてみてください。

私は「生き抜く手がかり」とは、他者の知恵を拝借することだと思っています。それが姑息な手段であったとしても、自問自答の時間を得ることができるのです。こうして得た時間の中で、私はかけがえのない友人と巡り会うことができました。皆さんのこれまでの人生の中で、良かれ悪しかれ自分の人生のターニングポイントとなった師や友人はいませんでしたか？

私は良い出会いは心の糧に、悪かった出会いは反面教師として生きてきました。そしてこれからもそうしていきたいと思っています。

第二章　家族の不和と幼少期

私は「両親・兄弟などとの情緒的な繋がり」が育まれるのが、この時期だと考えます。家族は社会を構成する最小単位とも言われています。その家族が機能不全に陥ったら、どんな不具合が現れるでしょうか？

ＷＨＯ（世界保健機構）憲章によれば、

「健康とは、病気でないとか、弱っていないということではなく、肉体的にも精神的にも、そして社会的にもすべてが満たされた状態にあることをいいます。（日本ＷＨＯ協会仮訳）」

（★日本ＷＨＯ協会ホームページより）

とあります。

私の場合、それぞれの要素で満たされているもの、満たされていないもの、多かれ少なかれありましたが、振り返ってみれば、幼少期にそれらはほぼ機能していませんでした。

私は肉体的には健康と言えましたが、精神的には不安定でした。また、父は家庭生活に干渉せず、母は嫁姑問題に毎日疲弊していましたので、社会性を学ぶ機会が私には不足していたように思います。こうした家庭に育ったこともあり、また精神的に不安定であったことも影響し、社会との繋がりを作っていくのが苦手でした。友人と呼べる存在はおらず、一人で過ごすことが多い子どもでした。このように社会との繋がりが薄いと、友人をつくることが苦手であることに拍車がかかる上、文化的な欠如を埋めることもできなくなります。例えば七草がゆを食べる日を知らない、お月見団子を食べる日を知らないといったこともそうだと思います。

祖母と母は深刻な嫁姑問題を抱えているにもかかわらず、父は関係改善を図ろうとはしませんでした。幼い私にとっては、母が最も身近な存在であり、母が祖母にいじめられている姿を見るにつけ、ストレスが溜まっていたように思います。

幼いながらに近所の子どもたちとの人間関係で疲れ、祖母・母から発せられる互いの悪口を耳にするにつけ、イライラが募ったり、自分も何か悪口を言われているのではないかと疑心暗鬼になったりして、神経質な子どもになっていったと思います。両親から受け継いだ生まれつきの性格だけではなく、後天的な性格は、生まれ育った環境によりつくられていくのです。

家庭内がピリピリしている環境で育った子どもは、両親と同じような行動を学習してしまうのです。私はこうした幼少期に形成された性格を引きずりながら、「人見知り」「変わった子ども」として、新しい環境に入っていくのが苦手なまま小学生生活を迎えることとなったのです。

第三章　引っ込み思案な小学校低学年

子どもをしつけるとき、いつも他の子どもと比べたり、兄弟と比べたりしがちです。また、自分自身でも比べたりすることはないでしょうか？「お兄ちゃんはできていることを、なんであなたはできないの！」「なんでこんなこともできないの！」というような叱られ方をされれば、「どうせ僕は……」などといった考えに陥りやすくなります。そうすると、どんどん自己肯定感が低くなって育っていきます。私がそうでしたから。

私には兄がいます。兄は特に秀才というわけではありませんでしたが、そこそこ勉強もできて、友人もたくさんいて、楽しそうな学校生活を送っていました。

これは前章で述べた「生まれ育った環境によりつくられていく」、「ピリピリしている環境で育った子どもは、両親と同じような行動を学習してしまう」と書いていることと矛盾するのではないか？　実際、あなたの兄は健全に育っているではないか？

とのご指摘を受けるかもしれません。

しかし、お互い大人になってから、「どうしてお兄ちゃんは、僕みたいに神経質にならなかったのか?」と訊いたことがありました。

兄はこう言いました、「お兄ちゃんが幼稚園小学校の頃は、祖父母と両親は別居していたから、家庭内のいざこざを見ずに過ごしていた」と。そして、いざこざが起きるようになった時には、既に自我が芽生えていたと付け加えました。要は生まれた時のタイミングなのです。

「自分は兄弟と比べて、なんてダメなんだ」と思っている方にお伝えしたいのは、兄弟だから同じ事象を目の当たりにしても、環境が違ったり、年齢の違いから受け止める感覚が全く違うということです。

さて、ここからは私の小学校低学年の頃のことについて記していきます。

小学校に入学した私は、幼少期同様神経質な子どもでした。

『大辞林』を引いてみますと、「神経質…①情緒的に不安定で、わずかなことにも過敏に反応して自分を病的な状態だと思い込む気質。②細かいことまでいちいち気に病むさま」とあります。

小学校に入学したばかりの私は、学校内の環境（机・イス・給食・同級生など）全てを不潔に感じ、学校生活に支障が生じていました。これは、家庭で母が祖母の洗濯物を汚いものとして扱っていた影響だったと思います。そんな毎日ですから、同級生からも「変わったヤツ」とレッテルを貼られ、やがて、いじめの対象となりました。靴を隠されたり、傘で叩かれたり、運動場で足を引っかけられて怪我をしたり。

そんな毎日から逃げたくて、不登校になりました。いじめられて不登校になったのに、いじめられていることを教師に訴えるのは、小さなプライドから恥ずかしく思ったり、親が傷つくことを懸念したりして、心の傷や悩みをありのままにさらけ出せませんでした。

また、当時は「学校に行かないことイコール悪いこと」との風潮がある時代でしたから、私は親に箒で叩かれたり、牛乳瓶を投げつけられたりしていました。そうすると、精神的にも荒廃が進み、家も学校も地獄となりました。そして、自分よりも小さな子たちをいじめるといった悪循環に陥りました。

そんな時、祖母が亡くなり、「これで母もホッとできるんだろうな」と子ども心に思ったものです。少し私の気持ちも落ち着きつつありました。

しかし、残酷な大人もいるものです。近所の大人が私に、「おばあちゃんが亡くなったね。死んでくれて嬉しい?」と訊いてくるではありませんか。大人からすれば私は幼いかもしれませんが、それは訊いてはいけないことと、私でも理解できました。この一言がきっかけとなり、私はまたしても人間不信に陥ったのです。

大人も子どもも、全てが嫌いになりました。学校に私の居場所がない。同級生が私のことをどう思っているのかを考えるとお腹が痛くなる。悪意のある質問をしてくる近所の人も怖い。当時の私の選択肢は、学校に行かず、家の中の押し入れに引きこもることでした。

第四章　人間関係に苦悩　小学校高学年

嫁姑問題が解決した後の母は穏やかになりました。一方、私は世間が怖く、相変わらず不登校の毎日でした。両親にはとても心労をかけたことと思います。

小学校の中学年から高学年は、小学校低学年に引き続き、友人との遊びを通して運動能力の獲得、ルールの順守などを学ぶ時期です。読み書き、算数など基礎学力を伸ばすと同時に、社会見学を通じ、企業の役割、そこで働く人々の役割などを学習する時期でもあります。こうして知能と社会性が著しく発達し、両親、兄や姉から庇護を受けていた時期から自立しつつ、学校生活を通して、人間関係が教師や友人へと広がり、役割や責任を自覚する年齢になります。

しかし、私は気分的な落ち込み、対人恐怖症、集団生活の苦痛など精神的負担が大きく、みんなと同じ行動ができません。両親は少しでも外界との接点を持たせようと、そろばん教室や柔道に通わせましたが、長続きはしませんでした。

それはそうです。医師の診察を受けたわけではありませんが、いわゆる対人恐怖症なんですから。集団生活ができないんですから。

しばらく家で過ごすことで、なんとなく落ち着きを取り戻すと、今度は「こんな自分ではいけない」という気持ちが湧いてきました。

湧いてはきたのですが、何をどうしたらいいのかわかりません。そんな時、両親が民生児童委員さんを家に招きました。どうやって知り合ったのか、その経緯はわかりませんが、その方は何を話すわけでもなく、私とジュースを飲んで過ごしました。

帰り際に「また来てもいいかな？」と訊かれ、「来てください」と答えました。親に言うと怒られるであろうこと、悲しまれるであろうこと、そういったことを穏やかな時間の中で打ち明けることができるんじゃないかと感じたからです。次に会った時、「もしも、部屋から出られるようであれば、うちにいらっしゃい」、そう言われました。「何が好きなのか、漫画でもいいし、レコードでもいいし、好きなものを持っていらっしゃい。どんなことが好きなのか知りたいから」とも言われました。

私は一人で黙々と取り組めるプラモデルが好きでした。このままではいけないと焦る日々の中でプラモデル作りだけが、唯一心を落ち着かせることのできるひとときでした。民生児童委員さんは私におやつを出してくれ、唯々私のプラモデル作りに穏やかな表情を浮かべ、接してくれました。

「不登校」（昔は「登校拒否」という厳しい響きのある言葉が使われていました）、今でも私はこうした表現にトラウマを感じます。言葉はソフトになったものの、当事者にとってはおぞましい言葉であることには変わりありません。

ある時、小学校の校長先生から電話がありました。「日曜日に校長室に来ないか？」というものでした。学校に行くのが怖かった私に配慮して日曜日にしてくれたのだと思います。民生児童委員さんも私の背中を押してくれました。今思えば、校長先生と民生児童委員さんが緊密に連絡をとってくれていたのでしょう。

私は「不登校は良くないことだ」と頭の中で反芻し、大きな罪悪感を持っていました。学校が近づくにつれ、気分が悪くなってきました。遠くに校長先生が手招きして待ってくれています。私は意を決して、歩を進めました。校長先生は私に不登校の理由を訊くでもなく、「先生はお城のプラモデルを作るのが好きなんだ。今度会う時は一緒に作ろう」と言ってくれました。

親・地域の役員・学校の先生が連携して私を見守ってくれたおかげで、六年生になった時には登校できるようになり、唯一の友人もできました。

第五章　孤独な中学生時代

○感受性

中学生になると、小学校時代の学校生活と比べて一変することがあります。

・頭髪や持ち物検査といった決まり事・校則
・授業内容の難易度
・友人関係

特に友人関係は、

・勉強面で自分と同じレベルの友人
・趣味が同じの友人
・部活が同じ友人

といった、緊密な友人だけの付き合いになっていきます。

そして、こういったことに順応できない生徒は浮いてしまいがちになってしまうのです。

元々私のように人間関係づくりの苦手な子どもなどは、過度なストレスを抱え、再び不登校になってしまいますし、小学校時代、問題のなかった子どもでも、大きなストレスを抱え不登校になってしまうのです。

私は小さい頃から感受性の強い子どもでした。特徴としては、

・他人が私のことをどう見ているのかとても気になる
・他人の仕草や表情から深読みしてしまう
・繊細で他人の言葉に傷つくことが多い

他にも枚挙にいとまがありません。

例えば、「どう見られているのか」という点についてお話しします。私は左利きです。現代ではそれも個性と受け止められていますが、私が子どもの頃は、どこの親でも右利きに矯正しようとしました。私の親も、私が幼少期にある頃から全てを右利きに直そうとしました。それが私にとっては、とてもストレスで、夜泣き・かんむしの原因となっていました。鉛筆やハサミなどは、不器用ながらもなんとか右手を使うことが

できましたが、箸だけはどうしても右手でうまく持てません。それが他人と違うところということで、とても周囲が気になりました。このことを同級生にどう見られているのか、気になって、お弁当を食べることができなくなりました。繊細過ぎるがゆえに他人と違う行動がストレスになったり、同級生にどんな言葉を投げつけられるのか、とても気になったりしたのです。

私は中学校入学直後のゴールデンウイークが明ける頃には休みがちになり、夏休み明けには完全に不登校になりました。

ちょうど思春期ということもあったからでしょうか。親から心理的に独立したいけれどもできないイライラ、申し訳ないというやるせなさ、さまざまな感情をどう表現すればいいのかわからず、イスを蹴ったりして物に当たる毎日でした。

一般的に中学生は大人への入り口に差し掛かっている時期かと思います。勉強でも運動でも、自分に最も快適なペースは人により違います。でもみんなのペースに遅れたくないと必死についていこうとして、自分のペースが乱れる時期です。また、家族との会話に応じることもうっとうしく思う時期です。ましてや、不登校の子どもたちにとっては何が問題なのか整理できず、混乱を招く時期なのです。誰とも会いたくない、喋りたくない時期なのです。

そして、親も子も近所の人たちに不登校であることを知られたくないために、人の目を避け、不登校という事実に蓋をしてしまいがちです。このことによって事態は更に深刻になってしまうのです。

このような中でも、親は少しの勇気を持って自治体・民生児童委員・支援者団体への相談を持ち掛けてみませんか？

本当は、子どもは親に迷惑をかけたくはないのです。親離れを徐々にしていきたいのに依存しなくては生きていけないと自覚しているのです。何かきっかけを求めているのです。

こうしたことを踏まえ、親は、

・不登校を悪と言わない
・家事手伝いなどで、自己肯定感を高めてあげる
・子どもの言葉を傾聴する
・フリースクールや通信講座などの選択肢を示す

といった対応を焦らずじっくりととっていくことも必要かと思います。

○孤独

当たり前のようにみんなが学校に行って、自分だけが行っていなかった当時、いったい自分はこれからどうなっていくのだろうと不安でいっぱいで、心も荒んでいました。「不登校児はどこにも居場所がない」。そんな思いが頭から離れませんでした。家の中にいても、自分の空虚な心と親への申し訳なさで居心地が悪いのです。自分を責めたり、家族に当たったりして、ますます落ち込む負の連鎖なのです。

私はテレビで「みんな元気～?」なんてフレーズが耳に入ると、敏感に反応して、「自分は普通ではないのだ。人並ではないのだ」と自己否定感をため込む毎日でした。

そして、引きこもらざるを得なくなった苦悩、外界に出なければと思うが、それができない自己矛盾、不安・絶望の日々の中、暗中模索する時期でした。ですが、葛藤・挫折により自らの苦悩に苛まれたこの時期も今となっては、一皮むけるための必要な時期だったと思っています。

さなぎから成虫になるために。
両親との希薄な関係を埋めるために。

○緩やかな安定

振り返ってみれば、さなぎから羽化しつつある時期に入ってきたなと思ったのは、次のような行動変容があったからです。

「別に学校なんてどうでもいいさ。沈黙が続いたら俺が間に入って話を盛り上げてやるから、みんなでご飯食べようぜ」

兄からのこうした声かけから、少しずつですが、家族と一緒にテレビを見たり、食事をしたりできるようになりました。洗濯や食器洗いなどの家事を手伝えるようにもなってきました。こんな小さな行動からスタートです。

ただ、この時期は、これまでのつらかったことは思い出したくもないし、これからのことを考えると不安にも苛まれました。

私の場合は、小学校時代の民生児童委員や校長先生からの働きかけがあったことが大きかったし、後述しますが、中学時代は担任の先生の働きかけが大きかったと思います。

現在は、専門知識を持った専門スタッフを探し出すことも比較的容易な時代ではないでしょうか？　こうした専門スタッフのアウトリーチを活かして、密室になりがちな家庭環境に外の空気を取り入れることも大切かと思います。

○葛藤と模索と最初の一歩

テレビを見たり、家事手伝いをしたりの行動的意欲が湧いてくると、次の一歩を踏み出すために、現状脱却の模索が始まります。「このままではいけない」との思いに至るのです。

ここで少しデータに触れてみます。

★令和四（二〇二二）年十月に文部科学省が公開した調査報告によると小中学生の不登校は24万人余り、このうち小学生が8万1498人、中学生が16万3442人と、前年度より5万人近く増加の一途をたどっています。

★また少しデータが古いのですが、二〇一八年度の不登校の児童生徒数は、小学生4万4841人（0・7パーセント）、中学生11万9687人（3・6パーセント）、高校生5万2723人（1・6パーセント）。カッコ内は全児童・生徒数に対する割合。少子化で全児童生徒数は年々減っているものの、不登校の児童生徒数は増加傾向にあります。

不登校の生徒数は減少の様子を見せません。しかし、そう悲観しなくても良いと思える材料があります。それは不登校経験者の進学率です。文科省による不登校の中学三年生の追跡調査（二〇一四年発表）では、不登校経験者の高校進学率が85・1パーセント（前回調査65・3パーセント）と大幅に増加しています。また高校中退率は14・0パーセント（同37・9パーセント）と大幅に下がっています。つまり、中学で不登校になっても、多くの生徒が高校進学をかなえているということです。

『新しい学校選びガイド　ニュースク』https://new-schooool.jp/より引用

さて、私の話に戻ります。中学校一年生から二年生の三学期まで完全に不登校であった私ですが、中学二年生三学期辺りから少しの家事を手伝い、家の中でできそうなことを行い、居場所を見つける努力をしました。そして、生活リズムが整ってくると、昼間をどうやって過ごそうかと思い始めるようになりました。

郵便はがき

料金受取人払郵便

新宿局承認

2524

差出有効期間
2025年3月
31日まで
(切手不要)

1608791

141

東京都新宿区新宿1－10－1

(株)文芸社

愛読者カード係 行

ふりがな お名前			明治 大正 昭和 平成	年生 歳
ふりがな ご住所	□□□-□□□□			性別 男・女
お電話 番号	(書籍ご注文の際に必要です)	ご職業		
E-mail				
ご購読雑誌(複数可)			ご購読新聞	新聞

最近読んでおもしろかった本や今後、とりあげてほしいテーマをお教えください。

ご自分の研究成果や経験、お考え等を出版してみたいというお気持ちはありますか。

ある　ない　内容・テーマ(　　　)

現在完成した作品をお持ちですか。

ある　ない　ジャンル・原稿量(　　　)

書　名			
お買上書店	都道府県　　市区郡	書店名	書店
		ご購入日	年　月　日

本書をどこでお知りになりましたか？

1.書店店頭　2.知人にすすめられて　3.インターネット（サイト名　　　）

4.DMハガキ　5.広告、記事を見て（新聞、雑誌名　　　）

上の質問に関連して、ご購入の決め手となったのは？

1.タイトル　2.著者　3.内容　4.カバーデザイン　5.帯

その他ご自由にお書きください。

（　　　）

本書についてのご意見、ご感想をお聞かせください。

①内容について

②カバー、タイトル、帯について

弊社Webサイトからもご意見、ご感想をお寄せいただけます。

ご協力ありがとうございました。

※お寄せいただいたご意見、ご感想は新聞広告等で匿名にて使わせていただくことがあります。

※お客様の個人情報は、小社からの連絡のみに使用します。社外に提供することは一切ありません。

■書籍のご注文は、お近くの書店または、ブックサービス（0120-29-9625）、セブンネットショッピング（http://7net.omni7.jp/）にお申し込み下さい。

私の場合、家にあった百科事典二十巻を読破しようと行動に移しました。そこでうろたえたことがありました。カタカナが読めないのです。空白の小中学校時代のツケとも言えます。逆にここでカタカナがわからないことが功を奏しました。これが「漢字が読めない」といった出来事であったなら「まぁ、読めない漢字くらいあるよな」程度でスルーしていたかもしれませんから。

このことをきっかけに、百科事典の中にあるカタカナはもちろん、簡単そうな漢字は書けるようになるために何度も書きました。また、これまでを振り返りながら、勉強の面で頭の中を整理し始めました。小学校で習うローマ字もスルーしてきたので、アルファベットがＡＢＣしか書けない。それからは、兄にアルファベットの大文字・小文字、これらの活字体・筆記体を教えてもらいました。

このような勉強への焦りがあった時に、絶好のタイミングで中学校の担任の先生が家庭訪問に来たのです。私にとって初対面に近いこの先生に心を開くことは、大変な決断が必要でしたが、思い切って数学がさっぱりわからないことを打ち明けました。「やる気があるなら、春休み中にできるだけのことを教えてあげるよ」。その言葉に救われました。私はそれから先生に数学を教えてもらうと、百科事典同様、自習も懸命にするようになりました。春休み中に先生から数学を基礎から教えてもらい（昔のことだから問題にはならなかったのでしょうね）、兄から英語も少しずつ教えてもらいながら春休みを過ごしました。そうすると、漠然とですが、高校進学も考えてみようという気持ちが湧いてきたのです。当時はフリースクールなどありませんから、全日制の高校を、それが無理なら定時制を、と思い、不登校で勉強が遅れている不安を振り切り登校を始めました。

当時は月曜日から土曜日まで授業がある時代でしたので、一週間がとてつもなく長く感じました。ましてや美術や技術家庭のような副教科もあり、これらは筆の使い方、はんだごての使い方もわからず、みんなが普通に使いこなしている道具の扱いに苦労しました。

また、一から他の生徒との人間関係を築かなければなりません。これには相当神経を使い、毎日がへとへとでした。

中学三年生の一学期はほとんどの時間をポツンと一人で過ごしていましたので、級友同士で遊んでいる休憩時間やお昼のお弁当の時間が、授業中よりも何よりも苦痛でした。そういった毎日を担任の先生も注意深く見守っていてくれたのでしょう。欠席が少し続くと、小学校時代からの唯一の友人が連絡ノートを持ってきてくれるように配慮してくれていました。その友人とはクラスも違うし、なぜ先生が私の唯一の友人を知っていたのかはわかりません。

そうこうしているうちに、一学期も終わり夏休みになりました。担任の先生は、時間をひねり出して数学を教えに来てくれました。おそらく、学校に知られないように、こそっと来てくれたのだと思います。夏休み中、先生といろいろ話をする中で、高校進学の話も具体的にするようになりました。その頃は英語も数学も中学二年生の一学期くらいの学力に近づいていましたので、私は先生に「どこか全日制の高校に行きたい」と話しました。

ただ、不登校のため中学一年生から二年生の内申点がないということで、公立は厳しいため、私学を目指してはどうかとのアドバイスをもらいました。

学校は休みながらも、なんとか二学期も登校を続けることができました。高校に進学したいという目標が定まったからです。

唯一の友人とも一緒に勉強するにつけ、学力も上がりつつあり、目標としている私学への進学意欲も高まり理科や社会も友人に教わりながら毎日を過ごしていました。

三学期、いよいよ入試です。結果はどうあれ、私が進学を決めたことについて、両親はとても喜んでいました。定員百六十人、志願者三百二十人。この情報を聞いた時、「これはとても無理かも……」と弱気になっていたのですが、運よく合格することができました。

第六章　地道に　高校生時代

こうして、無事高校生活を送ることになった私には、幸運なことが二つありました。一つ目は、中学校の同級生がほとんどいなかったこと。前述のとおり私は小中学校時代のほとんどを不登校で過ごしました。このことは隠しておきたい黒歴史なので、リスタートできるチャンスでした。

二つ目は、小学校時代の校長先生が事務長として在籍しておられたことです。事務長には私から声をかけました。事務長は私を一目見てわかってくれました。私という存在が今あるのは、中学生時代の先生はもとより、小学校で私の話し相手をしてくれた事務長なのですから。「よく頑張ったね」。その一言に涙しました。小中学校の先生方の熱意に報いるためにも、高校では少なくとも長期欠席はしないように決意を固めました。かと言って、無理をすれば心が折れてしまいます。そこで最初の一歩として、一学期の中間テストで自分の満足いく点数をとるという目の前の目標を設定しました。

中間テストが終わると、次は期末テストで満足のいく点数をとるといった目標を立て、一歩一歩確実に歩んでいくことを心がけました。

これらの目標は、五教科全て良い点数を取るというものではなく、数学と英語の二教科を目標に置いたものです。欲張ることは、つまずきの始まりと考えたからです。幸い私の場合は、中学校の恩師から数学を、兄から英語を教えてもらっていましたので、少しは自信もありましたし、無事目標を達成することができました。

更に私にとって、とてもラッキーなことがありました。同級生の女子から交際を申し込まれたことです（小中学校と不登校で、それまで異性に免疫がなかった私は面食らってしまい、丁重にお断りしましたが……）。その後も数人の女子から交際を申し込まれたことから、自分の存在を認めてくれている人がいるのだという自信に繋がりました。

大層な目標を立てる必要などないのです。短期的目標で良いのです。その達成感が次への目標に繋がるのです。

私にとって、不登校でつらい気持ちの毎日があったからこそ、壮大な目標ではなく、一歩一歩確実に目標を達成する姿勢を醸成できたのかもしれません。

人生の中では、あきらめなければならないこと、失敗することも待ち受けているものですが、物事の失敗よりも、人との出会いや他者を思いやる気持ちを、不登校だったからこそ大事にできるのだと思いました。

第七章　充実した大学生時代の一方で

高校を無事卒業し、大学に進学した私は人並に青春を謳歌できました。これまでと違い、クラスはありません。講義を通じてできた友人、ゼミやサークルで巡り会った友人などにも恵まれました。昨今の親元を離れた大学生は、マンションやハイツ住まいが多いのでしょうか？

私の場合は賄い付きの下宿住まいでした。十二人の学生が住んでおり、昼間はそれぞれの講義に出席するのですが、朝食や夕食はほぼ全員が一堂に会するものですから、お互いの親密度も増し、現在の一人暮らしとはまた違った楽しさがありました。高校時代よりも深掘りした対話をするような友人ができます。そこで必要なのは、自らの考えを明確に相手に伝えるようにするための「発信力」、相手にわかりやすく喜怒哀楽を伝える「表現力」、心の中の鬱積した感情を他者に吐露することで得られる「カタルシス」。このような自己表現を用いて、お互いを高め合う時期かと思います。友人との会話により、「なぜ悲しいのか。何が不満なのか」という気持ちと出来事をつなぎ合わせることができ、社会人になるためのトレーニングにもなるのです。

さて、私が大学二年生の時のことです。私が中学生の頃から、母は指定難病で入退院を繰り返していたのですが、もう退院はできないだろうと医師に告げられました。母は私と父を結びつけるムードメーカーだったので、入院を境に父との会話は少なくなっていました。

そこに決定的な出来事がありました。あろうことか、父は近所の商店街で母を死んだことにしていたのです。

私がたまたま帰省して商店街に買い物に行ったところ、商店主から「お母さん、亡くなったんだってね」と言われたのです。

私は相当のショックを受け、父への怒りが湧きました。そのことを境に、私は帰省しても、母の様子を見に行くだけで家に帰ることはありませんでした。そのような状態が続いていたのですが、兄から連絡があり、父が倒れたことを知りました。兄も仕事で遠方に住んでいたのですが、たまたま実家に戻った時に、脳梗塞を起こしたのでした。

母のことで怒りは収まっていませんでしたが、とにかく医師から病状や入院期間を聞き、入院のための手続きを済ませました。ここでひとつ懸念していたことは、入院中の母に父のことをなんと言ってごまかそうかということでした。母を見舞っていた父が突然来なくなり、大学生の私が長期に帰省しているのですから。

当初は命にかかわらない怪我や病気として、「ぎっくり腰でね」とか「胆石で手術してね」などと、手を変え品を変えごまかしてきました。幸い父は大きな後遺症もなく、退院の目途がついたのを見計らって、母に事態を伝えることにしました。

ただ、父は無理の利かない身体となり、母の病気は進行し、兄は遠方での勤務ということもあり、家における所用が全て私に降りかかってきたため、アルバイトも辞めました。大学は通学できる範囲ではなかったため、講義のない時や土日を利用して帰る以外に、手段はありませんでした。思うように就活ができないこと、単位取得がぎりぎりでなんとかしたこと、全てを家族のせいにして、イライラした毎日を送っていました。

第八章　就職して

不本意な就職でした。就活がうまくいかなかったのは、全て家族のせいと決めつけ、真剣に向き合おうとはしませんでした。

当時はバブル絶頂期。私は大学在学中に取得していた宅地建物取引主任者の資格を武器に、不動産関係の企業をいくつか訪問し、関西に基盤を置く不動産・住宅建築の会社に就職しました。大学の友人には、この就職を自慢げに話しましたが、実は公務員になりたかったのです。ひそかに公務員試験を受験したのですが、不合格だったことを友人には伏せ、失敗したことをここでも家族のせいにしていました。

不動産会社で働き始めた私は、先に記したように希望した就職先ではなかったので、いつまでたってもモチベーションが上がりません。

しかも、バブルの時代なので、仕事は次から次へと舞い込んできます。深夜までの残業はもちろんのこと、休日出勤も当たり前の会社でした。忙しいけれど、モチベーションは上がらないという、事実と気持ちのねじれから、辞めたい辞めたいと思いながらズルズルと働き続けました。

第九章　転職して

働き始めて五か月後、転機が訪れました。上司が過労から血を吐いて倒れたのです。（やはりここにしがみつくのはやめよう、自分の人生自ら決めよう。辛抱が足りないと思われようが、なんと思われようが……）

この時点で新たな就職先を見つけていたわけではありません。しかし、これからの長いサラリーマン生活を考えると、やり直しの利くうちになんとかしようと考えたのです。

退職願をさっさと出し、会社からあてがわれていたマンションを引き払い、実家に戻りました。公務員試験までおよそ二か月。これに賭けてみよう。後にも先にも、私がこれほど勉強したことはありませんでした。その甲斐あって試験に合格し、人生の仕切り直しをすることができました。同級生に後れをとったものの、公務員になることができたのです。

第十章　転職後の仕事ぶり

三十代前後は、仕事と父母の介護との両立で苦難の時もありましたが、仕事面では四十代半ばまで、順風満帆とまではいかないものの、自己研鑽も重ねながら精力的に仕事に取り組んでいました。以前勤めていた会社よりも取り組むことは多岐にわたり、毎日が新鮮でした。

また、入庁一年目に配属された部署は、不動産の知識を活かせる所で、施策立案も任され、とても働きがいのある部署でした。役所では、全く門外漢であるところに異動することも珍しくありません。次の配属先で、新たな知識を習得しながら仕事に取り組むことは大変でしたが、法令とにらめっこしながら、有意義に働いていました。

勤続五年目頃から後輩の指導にも当たり、二十年もたつ頃にはプロジェクトマネージャーを任されるなど、順調な役所生活を過ごしていました。

第十一章　父母の介護

役所生活と並行して、父母の介護に当たった時期がありました。入庁して七年目の頃です。父は二度目の脳梗塞を患い、その結果、後遺症として認知症になりました。母は依然難病と闘っていました。

仕事は楽しかったのですが、帰宅すると、介護の現実に向き合わなければなりません。一時、家で父の介護をしていた時期がありましたが、介護のプロではありません。父の奇行に手を焼きながら、入浴やトイレの手助けをしていました。

そんな時、近所の方からのアドバイスや兄の助けもあって、父は施設に入所することになりました。ただ、施設への入所には葛藤もありました。姥捨て山に連れていくような、介護の放棄のような気持ちになっていたからです。

しかし、施設では父の介護はもちろん家族の心のケアもしていただき、気持ちも楽になり仕事と介護のバランスをとれるようになりました。そうして追い込まれた気持ちから解放されたのです。施設の方からは「お母さんもここに入所されてはどうですか?」とのありがたい提案をいただき、父も母も喜んでくれるであろうと考え、お世話になることにしました。

間もなくして、父母を見送りました。生前は自分が介護しなければという気持ちでいっぱいだったのですが、亡くなってしばらくすると、もっと何かできたのではないかという悔恨の念が湧き上がってきました。その気持ちをケアスタッフに吐露したところ「十分頑張られましたよ」と言葉をかけられたこと、カタルシス効果を得られたことで心の平安を取り戻せたのだと思います。

この当時は私が若くもあり、SNSなどの情報収集手段もなく、介護保険制度が施行される以前のことなので、デイサービスやショートステイは拡充されていませんでした。

二〇〇〇年になってようやく「介護は家族が責任を負うもの」から「社会全体で支えるもの」との考え方に至ったのです。ですので、今まさに介護問題に直面しているなら、積極的に行政や地域包括支援センターを頼ってください。そして、デイサービスなどの福祉サービスを活用し、疲弊した自分を癒す時間を作ってください。

第十二章　家族のきずな　妻と子と

さて、ここで私がうつ病になる前の家族との暮らしについて触れたいと思います。

妻とは大学一年生の時に知り合いました。

桜満開の入学式。キャンパスは百花繚乱の中、ひときわ輝いて見えたのが妻でした。

妻は小難しい論語の話から次のような言葉を引用し、私たちの交際の理想形を説いてくれました。

君子は文を以て友を会し友を以て仁を輔く（友は学問を通じて結ばれ、互いに影響を与え合いながら、思いやる心の成長を助ける）

また、少しユーモアを交え、「葵の上は○○なキャラ、藤壺は△△なキャラ」という解説を加え、源氏物語のさわりの部分を教えてくれました。

このような女性と結婚できたら、自分の足りないところを補ってもらえるだろうし、私は私の強みをもって彼女を助け、お互いが高みを目指せるのではないかと思いました。こうして、お互い社会人になって結婚しました。母が闘病中であることを承知の上で結婚してくれたのです。

母は私が中学生の頃から闘病中だったことに加え、結婚して数年後、父が脳梗塞を起こし、その後遺症で認知症になりました。私は元気な頃の父の姿を思い浮かべるにつけ、その時の父の状態を受け入れることができませんでした。時には父に当たってしまい、時には妻に八つ当たりをしてしまい、こうした自分の行動に対し憤りと自己嫌悪に陥る悪循環でした。妻は父母の身の回りの世話をかいがいしくしてくれている一方で、私はいっぱいいっぱいになり、現実から目を背け仕事に逃げていたこともありました。

父母を見送って、ケアスタッフから励ましの言葉をもらい、心の平安を取り戻した頃のことです。今まで介護でいっぱいいっぱいで、これまで子どもたちにしてやれなかったことをしようとふと思ったのです。近所の公園で一緒に遊ぶことはもちろん、ガラス細工や塗り物体験をしたり、本人たちが習いたいという習い事をさせてやりました。こうしたことを通じて、わが子の情操教育に取り組みました。

私は子どもの頃、兄と比較されて育ったことを前述しましたが、それを反面教師として、子どもたちには一切そういうことをしないよう心がけています。子どもたちは個々の人間であり、個性を尊重することこそが、親に求められる行動だと思っています。

また、私は子どもの頃に家族旅行をしたことがなく、寂しい思いをしました。ですので、子どもたちが大人になっても懐かしむことができるよう、北海道や沖縄など各地に旅行に出かけました。今や大人になった子どもたちから「楽しい思い出をありがとう」と言われるたびに、「こちらこそ、感謝を素直に表すことができる大人に育ってくれてありがとう」と言いたいし、そう育て上げた妻に感謝、自分を称賛しています。

第十三章　なるべくしてなったうつ病

○うつになる人

うつになる人には共通項があると思います。それは「真面目」「責任感が強い」「融通が利かない」「深く考え込む」「感受性が強い」などです。他にも多々ありますが、うつに関する本を読むと私に当てはまるものがいくつもありました。そして、同じ出来事に出くわしても、鈍感でかすり傷の人もいれば、鋭敏で限界まで頑張って骨折する人もいるのです。

うつ病は心の弱い人がなる、と思われがちですが、そうではありません。むしろ困難に立ち向かって、頑張りを重ねた結果病に倒れるのです。人の手を煩わせることなく、自分一人で頑張ってみよう。自分の責任でもって頑張ってみよう。そんな人たちがなるものなのです。

私の場合は、

・仕事を抱え込む

・自分のミスは自分で取り返そうとする過剰なまでの責任感

・周囲の評価を気にするあまり、とりわけ目下の人間にモノを尋ねることができない

このような傾向がありました。こうした事象が重層的に積もり、事業の進捗が遅れているのは全て自分の責任だと「自分自身への関連づけ」をしてしまい、自分を追い込んでしまったことが不調の引き金でした。

○うつの前兆

入庁して二十数年がたちました。これまで知識と経験を積み重ね、苦しいことも楽しいことも織り交ぜながら順調に仕事をしてきました。

その後、そんな私がよもやうつになろうとは……思いもしなかったので、大きなショックでした。

人事異動で配属された先の仕事の質が合わなかったのです。私は元々、感受性の強

い性格です。他者からの意見や刺激に敏感に反応したり、相手の感情を尊重しながら仕事をしてきました。この自分の性格を長所として仕事をしてきたのです。例えば、会議などでは意見調整を図ったり、部下の悩み事を敏感に察知し解決を図る、といった行動を強みにし、仕事に邁進してきました。そして、長年そうした行動をベースにして仕事をしてきました。

しかし、異動先はその知識と経験が通用しない部署でした。まず合わなかったのは「仕事の質」でした。物事の存在意義や取り組む姿勢を掲げ、広く知らしめること。いわゆる理念の浸透を図る部署でした。『広辞苑』では、「理念……俗に事業・計画などの根底にある根本的な考え方」とあります。私はこれまでの役所人生で培った価値観や経験を、根底からひっくり返されそうになりました。

そして、この部署では「感受性の強さ」の悪い部分があらわれました。感受性が強い人の短所としては「人に気を使い過ぎる」「自分よりも他人に重きを置く」「嬉しい・悲しいの感情の起伏を自分自身の心の中に抑え込む」、これらの悪い部分が顕著に出ました。

そんな慣れない環境、慣れない仕事、職責を全うしなければ、という重圧が日々重なってきました。

私は先輩方から「仕事のできる職員」との評価をいただいており、それに恥じぬ行動をとってきました。それがこの部署では通用しなかったのです。

異動先は当年、重要なミッションを抱えていました。何かと勉強の日々でしたが、自分の価値観と違う仕事ですので、なかなか頭に入ってきません。頭に入ってきませんし、心に響くものでもなく、日増しに仕事の質に違和感が募っていきました。

違和感を抱えているのは自分だけなんだろうか？　そう思うとやりきれない孤独感を感じました。妙なプライドから周囲の力を借りるということもできない毎日が続き、それに比例するように、やる気や集中力が削がれ、部下への指示もままならなくなりました。

○休職

私の勤め先には、定期的に精神科の産業医が来て心身不調の者と面談できる機会があります。私は自らの判断と上司への相談を経て面談を受けました。面談の結果、「すぐに休職の手続きをとって休みなさい」と言われました。ただ、この面談は診察ではないので、休職するためには病院で診察を受ける必要がありました。産業医からは「家が遠方だし、まめに通院できるように家の近くで病院を探した方がいい」とアドバイスされました。

さて、ここで問題になったのが、妻になんと切り出そうかということでした。勤め先の産業医との面談だけなら妻に隠しておくこともできますが、地元で病院を探して、休職の相談をしなければなりません。ましてや精神科を受診するということは、昔に比べればハードルは低くなってきているとはいうものの、いざ当事者となるとその抵抗感は想像に難くありません。

私は妻におずおずと、精神科の産業医と面談をしたこと、休職を勧められたこと、地元で精神科を受診しなければならないことを打ち明けました。

妻は最近の私の異変を感じ取っていました、あまり喋らなくなったことや表情が暗いことを……。

翌日から妻の協力を得ながら、一緒に病院探しを始めました。駅近で通院しやすいクリニックを見つけ、早速受診したところ、やはり重症らしく、医師から休職するよう提案され、休職することとなりました。この時は六か月の休職をした後、他部署への異動願を出し、異動することになりました。

異動先は前述の理念・啓発のような部署とは違い、緻密な数字を扱う部署で、「ここなら自分の力を活かせる」と意気込んで仕事に打ち込みました。

復職後一年近くは順調に仕事をこなしてきた私でしたが、経理上の失敗を犯し、それが前所属の出来事を蘇らせたのです。

日々それを気に病んで、再び不調に陥りました。一回目の休職中に診てもらっていたクリニックに駆け込み診察してもらった結果、再び休職を勧められ、受け入れざるを得ませんでした。振り返ってみれば、小さな成功もいくつか収めていたにもかかわらず、失敗にばかり目を向け、そこに囚われていたのです。

この時は六か月休職した後復帰し、時間の経過とともに複数のタスクを同時に進行していく日々が続きました。しかし、頭のキレがありません。一度うつになってしまうと、こんなにも無力になってしまうのかと絶望感が頭から離れなくなり、またしても心身に不調をきたしました。しかし、もうこれ以上みんなに迷惑はかけたくない、との思いから不調を抱えて無理に無理を重ねた結果、これまでよりも長く休職する羽目になったのです。

感受性が強い人は周囲を見渡すことができ、たくさんの情報を受け取り、人の気持ちに敏感なため、本当に繊細なのです。しかし、その感情を表に出すことをしないで自分の中に抑え込みます。感情をうまく処理しきれないことが続くと、自分でも気づかないうちにストレスでいっぱいになるのです。

○心の健康を整える

心の健康を整えるためには、自分らしく生きることが大切です。しかし、これが難しい。

心の健康を整えるため、自分らしさを見つけるため、自分探しの旅や自分探しに繋がる情報を求める方もいるでしょう。決して、それらを否定するわけではありませんが、私の場合のそれらは、ひたすら内省することになりがちでかえって落ち込むため、別の方法を考えました。カウンセリングを受け、心の中を「吐露」したり、「傾聴」してもらったり、自らの美点を凝視し、励ます行動をとりました。

駅のホームに「鏡」があることをご存じでしょうか？　この効果をご存じでしょうか？　鏡で自分の姿を見ることによって冷静になり、飛び込み自殺を防止する効果があるそうです。

自分の表情、感情に気づくこと。親であれネット上の友人（会話や意見は玉石混淆であるため振り回されないように注意が必要ですが……）であれ、何らかの「社会」と繋がりを持つこと。家事でも清掃活動でも、何らかの行動を起こすことで、自分の存在意義を見出すため少しずつ努力できれば、たいしたものだと思います。私は、今もこうしたことを大事に考え、家の中では食器洗いや風呂掃除、電車内でお年寄りに席を譲るなどを心がけています。

人間は常に何かを「選択」して生きています。最初はどんな小さなことでもいい、主体的に人生を選択すること。こうしたことが、生活の質を向上させるのではないかと思います。

○心と身体のバランス

・心の内を吐露しカタルシスを得ること
・傾聴してもらう
・鏡の効果
・社会との繋がり
・主体的選択

これらの実践が大切だと先述しました。あなたの心と身体のバランスはどうでしょうか？　悲観的な思いに偏っていませんか？　それが心の中の多くを占めて、これ以上ないようなストレスを感じていませんか？

耐え難いストレスは心と身体を蝕みます。しかし、社会生活を送る上で人間は誰しも何かしらストレスを抱えています。心と身体のバランス、心の安寧を求めるにはストレスゼロが良いのかというと、それは違います。

トレーニングジムで運動することを考えてみてください。これは健康維持のために身体に負荷をかけているのです。心にも身体にも適度なストレスは心地よい日々を送るためにに必要なものなのです。

心の健康は、各人の持って生まれた資質、経済状況、生活環境、対人関係、仕事など、日常生活を取り巻く多くの要素が関わっています。そして、心と身体の状態は深く関係しています。心に過度なストレスがかかると、身体の免疫機能が落ち、風邪やその他の感染症にかかりやすいともいわれています。一見、繋がりはないようですが、腰痛を発症することもあるようです。

心と身体の健康バランスをとるためには、ありきたりかもしれませんが適度な運動、バランスの良い食事、十分な睡眠と休養が必要なのです。ただ、重度なうつの方は無理に活動的なことをせず、うつの波が去っていくまでは布団にくるまっていてもいいと思います。

「寝ているることも治療のひとつ」。私は網膜剥離で入院した時、眼科医からこう言われました。目から鱗でした。なので寝込んでいることを悪と思わないでほしいと思います。

第十四章　復職支援プログラム

○プログラムとの出会い

私はこれまで通っていた精神科クリニックの医師から、基幹病院で実施されている〝復職支援プログラム〟（以降「リワーク」という）に参加してはどうかとのアドバイスを受けました。私は少しでもうつ病が良くなればとの思いから、そのアドバイスを素直に受け入れ、診察もその病院の先生を頼ることにしました。

○リワークへの順応

さて、転院後ですが、すぐにリワーク参加ではなく、まずは何回かの診察後で気力と体力が高まりつつあるまで様子を見てからの参加となりました。真夏の暑い時期だったので、これまで自宅療養をしていた私にとっては、ただ診察を受けに行くだけでも相当疲れました。そうして時間が過ぎゆく中、数週間後にリワークへの参加を主治医から促されました。

最初、リワーク室に入った時は、メンバーの元気さに圧倒されましたが、自分もこのように元気を取り戻せるのだと思えば励みになりました。

・取り組み当初

休職中は自宅療養していたので、週五日（九時から十六時）のリワークへの参加は相当ハードで、出席するだけで、ついてゆくのが精いっぱいでした。帰宅後は疲れているはずなのに、寝つけなかったり、夜中に中途覚醒があったりで、リワークを続けていけるのか不安でした。そして、不安が拭えず欠席する日もありました。

・取り組み中期

好不調の波はありますが、生活リズムも整い、リワークの出席状況も良くなりました。取り組みが進むにつれて、いろいろなプログラムにも進んで参加できるようになり、その相乗効果で家での会話や食事も楽しくなってきつつありました。ただ、後述しますが、自分の課題がここで明らかになりました。

この期間は〝スタッフとの対話を通じて、うつ病を発症した過程を振り返り、うつ病発症に関連していそうな思考パターンや行動パターン（以降「傾向」という）や復職に向けての不安、気がかりを洗い出し、その傾向に対応できるようにするための「対策」について深掘りしていきました。

・取り組み後期

「傾向」がどのような場面で現れるのかを分析し、「対策」を実行できるように取り組みましたが、時にはまだまだ甘いと主治医やスタッフからダメ出しをくらうこともありました。

○プログラムの内容

リワークのプログラム内容は、複数の患者がみんなで協力し合って作成する課題、各人がそれぞれに取り組むものなどさまざまでした。

ここで少しだけ、私がリワークで取り組んだプログラムを紹介します。

・心理教育……うつ病とはどんなものなのか、そのメカニズム。生活リズムについて
　などの学習
・認知行動療法……物事の受け取り方や考え方（認知）に歪みが生じて感じる悲観的な思考などのストレスを軽減させるもの（後述で具体例を記載）
・フリーディスカッション……固い頭を柔らか頭にするためのトレーニング。ひとつのお題に対して、メンバーが思いつく限りの意見を言う。決して他者の意見を批判せず、時にはバカげた意見も出してみる
・書道……気に入った言葉や漢字を選び、書くことで集中力を高める
・新聞づくり……数人のグループで手分け、相談をしながら、心理教育や認知行動療法で学んだ内容を記事として作成する
・スポーツ……体力づくり。卓球やゲーム機を使ってのダンス
・集団創作活動……コミュニケーションの練習、役割分担をして協力しながら作品を作る
・ヨガ……精神統一、リラクゼーション
・アロマテラピー……穏やかな気持ちづくり

これらのことを通じて気力体力の回復に繋げます。また、スタッフとの対話により人生の振り返り、自分の課題やこだわりについて心の持ちようを考えていきます。

認知行動療法に「コラム法」というものがあります。次のような構成になっています。

i　状況
ii　その時湧いてきた感情
iii　自動思考
iv　根拠
v　反証
vi　適応思考
vii　適応思考後の感情

ここで私の一例を紹介します。

i　状況

・上司から、作成した資料のやり直しを命じられた

ⅱ　その時湧いてきた感情（不安や怒りなど）

・恥ずかしさ一〇〇パーセント

・情けなさ一〇〇パーセント

ⅲ　自動思考（その状況で頭にうかんだこと）

・同僚は嘲笑しているんだろうな

ⅳ　根拠（自動思考を裏付ける事実）

・みんなの前で注意された

・ダメ出しを受けた

ⅴ　反証（自動思考とは矛盾する事実）

・直前に他の社員も注意されていた

・上司の求めているものがわかった

vi 適応思考（根拠と反証を繋ぐ）

・みんなの前で注意されたが、他の社員も注意を受けているし、注意によって上司の求めているものが分かったので、ブラッシュアップした資料を作れそうだ

vii 適応思考後の感情

・恥ずかしさ五〇パーセント

・情けなさ五〇パーセント

コラム法は、こういった事実を挙げることによって、より現実的でバランスのとれた思考を獲得するためのものです。こうしたさまざまな訓練を経て社会復帰を目指すためのものなのです。

リワークの全てのプログラムが自分の「傾向」を認識して向き合い解決策を考え実践するためのものなのです。

認知行動療法の「コラム」は復職訓練のメインとも言えますが、その他にも前半に記した「新聞づくり」ひとつをとっても、作成中に自分の悪い癖やマイナス思考が出現するものです。そして、そのたびにコラムを書いては適応思考を身につけていけばいいのです。

また、「新聞づくり」や「集団創作活動」などの集団活動やプログラム後にスタッフ・メンバー全員で行う反省会を通して、他者から良かった点、至らなかった点について指摘を受けて、気づきを与えてもらったりする機会にもなりました。メンバーから良かった点を挙げてもらえば、ややもすれば否定的な考えに陥っていた自分の強みを見出すことができます。至らなかった点を指摘されれば意識して是正しようと考える機会になります。今まで否定的な考えに陥っていた気持ちを立て直すことができ客観的に自分を見つめ直すことができるのです。

○求められる役割

「新聞づくり」や「集団創作活動」では、リーダー・サブリーダー・メンバーの役割が振り分けられるのですが、それぞれの役割から学んだ私の経験（「傾向」）を紹介したいと思います。

・メンバーだった時……リーダーやサブリーダーに報告・連絡・相談を怠ったこと、リーダーが自分に求めていることを的確に把握できなかったこと、期限やルールを意識していなかったという「傾向」がありました。

・サブリーダーだった時……アイデアをリーダーに進言するものの、メンバーの意見を取り入れていなかったこと、リーダーとメンバーの橋渡し役であることの認識不足の「傾向」がありました。

・リーダーだった時……これまでの経過（失敗）を踏まえ、リーダーになった時はサブリーダーと、事前に打ち合わせを行い、メンバーにも丁寧な説明を心がけましたが、過剰な責任感から、「リーダーはこうあるべき」との「べき思考」に囚われている「傾向」に気づきました。しかし、プログラムの途中でその「傾向」に気づけたことは、これまでの自分と比べると進歩しているなと感じたところです。

取り組み初期・中期を通じて「傾向」を洗い出すわけですが、そうすると弱点が出るわ出るわ……（笑）。

その「傾向」に対して「対策」を立てますが、その立て方を、認知行動療法では「アクションプラン」と言います。

流れとしては、「傾向」を作成します。次に、どの方策に取り組むのが妥当か、「問題解決リスト」を作成します。「傾向」を解決するために具体的な方策をブレインストーミングし「問題解決リスト」を見比べて「対策」を選択します。最後に、「対策」をいつから実践し、いつ評価を行うかを決定します。


私の場合、次のことはほんの一部の例ですが、紹介します。

①傾向……毎朝の出勤のおっくう感
↓対策…朝目覚めたら家族に〝おはよう〟という。洗顔、朝食の行動をゆっくりでもいいからする。
②傾向……ＯＮ・ＯＦＦがつけられず疲れが溜まる
↓対策……休日に仕事を持ち帰っても、午前、午後に分けて、適度に休憩を取るな

どメリハリをつける。

③傾向……仕事はこうあるべきという「べき思考」に囚われ、業務上の意見調整ができなくなる

↓対策……フリーディスカッションで他者の意見を聞き、自分とは異なる意見を受け入れる練習をする。グループワークを通じてメンバーの意見をまとめてみる。

このようにアクションプランに取り組み、時には同時並行で取り組んだりして、「対策」の実践に努めました。この時、スタッフに重要と言われたことはＰＤＣＡサイクルです。「対策」を身につけるための計画（Plan）～実践（Do）～評価（Check）～再実践（Act）というところです。普段の仕事でも大事にすべき点でありますので、この訓練は重要と感じました。

リワークは自分の行動パターンや思考パターンの「傾向」を知り、その「対策」を考え実践する手法を学ぶ場です。職場で困難な場面に直面した時でも、柔軟な対応を心がけることができるようになる訓練の場なのです。

もし、拙著を読んで、リワークに参加される方がいらっしゃるなら、次のようなことを意識すれば良いのではないかと思います。

・リワークは仮想の職場

リワークは職場復帰を目的としているので、各種取り組みを漫然と消化するのではなく、自分の「傾向」は何なのか、職場ではどんな行動をとっていたのかを意識しながら取り組む。

・気づきを意識して取り組む

自分の「傾向」について、自問自答したり、各種メニューの中でスタッフとの面談などを通じて、気づきを意識すること。

・スタッフへの連絡・報告・相談

プログラムの進捗状況に関する報告・連絡、何か困難なことが起きた時の相談。時には、フリーディスカッションの場を利用しメンバーの知恵を拝借する。

・ＰＤＣＡを意識した取り組み

プログラムに取り組むことによって明確になった「傾向」への対策のため、ＰＤＣＡを回すこと。「対策」を身につけるためには一回のＰＤＣＡで完結することはほぼありません。また、ＰＤＣＡを繰り返すことで、そこから新たな「傾向」が出てきたりします。「対策」が自分にフィットするまで何回も試行と行動を繰り返すことが大事です。これらのことを意識して何度も壁に当たりながら繰り返すのです。

私の場合は他にも「コミュニケーション分析シート」（自分の気持ちをうまく伝えられなかった事柄を思い起こし、どのように伝えればアサーティブ※に伝えられたかをまとめるもの）を活用し、どのような状況で、自分に起こっている事実をどう伝えたら良いのかを訓練していきました。

※アサーティブ…自分の意見を丁寧に率直に相手に伝えること。

「コミュニケーション分析シート」に取り組むにあたっては、例えば、「みかんて、いいな（見たこと、感じたこと、提案、可否）」を意識し、冷静に相手とコミュニケーションを図る訓練を、ロールプレイングを通じて実践していきました。

そして、このリワークの場は、何より同じ病を持っている仲間達と、復職という同じゴールを目指す心強さをもって、貴重な時間を過ごすことができる場であったのです。

第十五章　私の現在地

○決別

　リワーク後、私は元いた職場に復帰しましたが、休職復職を繰り返していたので居心地の悪さは拭いきれませんでした。また、片道一時間四十分の電車通勤にも限界を感じ、週に二回は職場の近くでホテルに泊まって通勤していました。

　リワークでは自分を俯瞰的に見る訓練もしていましたので、今のような働き方で果たして職務を遂行できるのか客観的に考えました。そして、考え抜いた結果、私は三十年間勤めた役所を辞めたのです。そのまま続けていても委縮した日々を送ったでしょうし、最悪、自殺したかもしれません。実際、うつ病を患うと、ふと希死念慮が頭をもたげたりしますから。客観的に自分を見る方法をリワークが教えてくれたからこそできた決断だったと思っています。

辞表を出す前は、定年まで勤めたかったなぁという悲哀と悔しさもなくはありませんでしたが、いざ辞めてみると、なんとも言えない解放感を感じました。

その時、まだ再就職先を見つけていたわけではなかったので経済的な心配が頭に浮かんでいました。しかし、妻が私に通帳を見せてくれ、「貯金があるからなんとかなるよ。住宅ローンも先が見えてるし」と背中を押してくれたのです。本当に妻には感謝しかありません。

また、市役所などにどんな手段があるのか問い合わせてみてください。例えば、障害者手帳を発行してもらえば、バス代が半額になったり、公共施設の入館料が半額や無料になったりもします。自立支援制度を使えば診察や薬代が軽減できます。障害年金をもらうことができれば生活にゆとりが生まれます。有効な社会資源はどんどん活用すればいいのです。

○できることから

退職後、私は心身がなまらない程度に単発のアルバイトを繰り返して過ごしていました。退職して三か月後、ハローワークを通じて、就職先を見つけることができました。これまで何度も休職に至りつまずいた結果を真摯に受け止め、自分に無理な負荷をかけないために正社員ではなく非常勤という働き方を選びました。前職にしがみついていたなら、また休職を繰り返し廃人になるか、命を絶っていたと思います。今は自分を軽トラックに例えるなら過積載を避けた生き方を実践しているのです。

リワークが全能とは言いません。今も定期的に医師の診察を受けています。しかし、今は転職して、新しい勤務先で、体調を崩さない程度に頑張っています。今でも天候が悪い時や台風の時など外的要因があると体調がすぐれませんし、欠勤すれば身体の休養とはいかず、みんなどう思っているだろうというマイナス思考に陥りかけることもありますが、リワークで得たスキルを活かし多少ながらも乗り越えることができています。

○自分本位で　Let it beで生きてみる

現職において、どのようなことに気をつけて過ごしているか、私の仕事への取り組み方を紹介します。

私はまだ無理をして出勤するときもあります。ですが総じて、そういうときは出勤しても能率が上がりません。そんなときは午後に退勤させてもらうこともあります。また、朝どうしても起きられず、一日休みをいただくこともあります。とにかく無理を重ねることが悪化を招くことになります。

自分が倒れても周囲の人が身体を治してくれるわけでもないので、主治医にケアしてもらう、またセルフケアすることを心がけることが大事かと思います。Let it be（なすがままに）を心がけることが大事なことだと思います。

朝起きられるが、悶々とする。そんなときは、とりあえず顔を洗う、とりあえず歯を磨くといった毎日のルーチンをこなしてみる。それでも意欲が湧かなければ、潔く休むようにしています。

休んだら、後悔しないことです。私の場合は、認知行動療法で教わった「コラム」を書いたり、録画していたドラマを見たり、そんな意欲もないときは、お気に入りのアロマを嗅いだりしています。YouTubeで睡眠用のＢＧＭを聴くというのもいいかもしれませんね。あらかじめ、気持ちが上向くような方策を考えておくことが大事かと思います。もし、外出できる体調であれば、マッサージや整体で身体のメンテナンスをするのも良いかと思います。

なかなか難しいことかと思いますが、とにかく、休んでしまったら、休んだことを後悔せず、自分には必要な時間であると考えることです。パソコンも重くなってきたらリフレッシュさせることと同じなのです。健常者でも誰しもずっと好調でいるわけではありません。疲れた時にはコーヒーブレイクをしたりしています。ましてや、うつに悩んでいる人は、自分が不調に陥った時のサインを見逃さないことが大事です。うつの人は休憩をとることが苦手です。もう少し資料をまとめるために頑張ろうというような気持ちが頭をもたげたら、休憩に努めましょう。ため息が出たら休憩に努めましょう。おやつを食べたりオフィスの周辺を歩いたり。

現在ではワークライフバランスに重きを置く企業が増えています。昔のように残業が美徳ではないのです。それでも、一度退勤カードを切ってから、再度働かせる上司も存在します。そんなときは、自分の病気を前面に押し出して帰ることが大切です。度を過ぎる上司がいたら、その言動や勤務時間などをメモしておいて、「いつでも労基署に行く準備」をしておくのです。

おわりに

『うつになる人には共通項があると思います。それは「真面目」「責任感が強い」「融通が利かない」「深く考え込む」「感受性が強い」などです』と、第十三章の冒頭で述べました。そして、私自身の経験として『感受性を強みとして仕事をしてきたこと』も述べました。一方で、私は「〇〇であるべき」との「べき思考」も併せ持っていました。「自分が責任を果たすべき」、「自分の強みを活かすべき」。振り返れば、このように自分で決めたルールにたくさん苦しんできました。いろんな課題に必要以上に「職責を全うすべき」と思考ががんじがらめになっていました。法律に従い、公正公平をモットーに仕事に取り組んでいたつもりが、「是か非か」、「白か黒か」にこだわり、周囲に私の価値観を押し付けていた場面もあったかもしれません。

考え過ぎて、柔軟に物事を捉えられずうつになってしまった時、猫を飼い始めました。猫と接する時、私は無防備で心も身体も緩みきっています。猫はマイペース。人目を気にせず、どう思われようと知ったこっちゃない！　そんな気ままな動物なのに家族みんなから愛されているから自分の気持ちに正直に生きているからかもしれません。強引に物事を進めたり、逆に気を使い過ぎて周囲に合わせていると、自分本来の姿を見失ってしまい、人間関係にほころびが生じるのではないでしょうか？

私が過敏なほど気にしていた「周囲の目」へのこだわりを猫に溶かしてもらった気がします。窮屈な毎日を送らないことを猫から教えてもらった気がします。

ここまで生きてきた自分を尊く思ってほしい。無理に頑張らなくていい。泣きたいとき、悩んでいるとき、虚勢をはらず、素直な気持ちで向き合ってみてください。自分の心を大切にして寄り添ってください。自分本位でいいのです。この本を手にとってくださった皆さん、私と一緒に生き抜きましょう。

【付録】

嬉しいときも悲しいときも

俺、キング。下僕たちに愛を与えるのが俺の仕事。たまに、自分からゴロニャーと言って無意識に甘えてしまうのが、玉に瑕だ。

下僕は俺のことを〝王様〟とか言ってる割には、ため口で話しかけてくる。心の広い俺はなんにも気にしない。下僕がそれで、笑って暮らせるならそれでいい。


俺は生後一か月たつかたたないかの頃に姉弟と一緒に池のほとりに捨てられた。弟は箱の中で体力が尽きて死んでしまった。俺は姉ちゃんとともに箱から出てまわりを歩いていたのだが、足を滑らせて溺れてしまった。姉ちゃんは一生懸命、水際からニャーニャーと叫び、まわりに助けを求めてくれた。沈みかけた時、網ですくわれ、一命をとりとめた。

俺を助けてくれた人は〝紫さん〟という人だ。俺と姉は〝紫さん〟ちに連れていってもらって、飼い猫になった。紫さんちには〝姫〟という犬がいて、とても仲良くなった。遊び盛りの俺たちがちょっかいを出しても優しく相手をしてくれた。俺もおとなになったら、こんな猫になろう。

生後一か月を過ぎた頃、紫さんは俺たちを地域の情報誌に載せて、新しい飼い主さんを探してくれていた。そこで出会ったのが、今の下僕だ。紫さんは最後まで優しかった。「この子は、カニカマが好きなんです」と、下僕に託してくれた。俺はまだ小さいけど、紫さんや姫が俺にしてくれたように、下僕に愛を贈ろうと思う。

俺はキングとして下僕との新しい生活を始めた。見たり聞いたりしたことを徒然と認めていこうと思う。

人間って月曜日が憂うつみたい。日曜日の夕方から、うちの下僕が「は～」って言ってる。俺に曜日は関係ない。いや、あるか……。土日になると下僕はなれなれしく俺に触れてくる。そういう意味では週二日勤務だニャー。

俺の下僕は、憂うつなことが頭に浮かんできたら、寝てしまう癖がある。そんなときこそ動けばいいのにニャー。行動すれば負の連鎖が断ち切れるんじゃないかニャー。俺なんか気分が沈んだら、外のパトロールに行くからニャー。

俺の下僕は幼い時、人間嫌いだったらしい。そして、自己肯定感が低かったらしい。小さい癖に他人と自分を比べるなんて、生意気なんだニャー。俺はよその猫と自分を比べない。孤高の気高い存在だ……（と思っている）。しいて言えば、俺よりいいご飯を食べているヤツを見て「悔しいニャー」と思うことはある。

俺の下僕は、小学生の頃、朝が来なければいいと思っていたらしい。学校に行かなくていいから。ある時、雨戸にクレヨンでお月さまやお星さまを描いて願掛けしていたらしい。そんなことになったら、猫族の集会がいつまでたっても終わらニャいじゃニャいか。

俺の下僕は中学生の時、全然勉強ができないことを悩んでいたらしい。英語はアルファベットが書けるだけ。古典はコテンコテン。漢文はチンプンカンプン。でも、恩師が学校に内緒で補習してくれたみたいだニャー。俺だって友達がお腹を空かしていたら、ご飯を分けてあげている。頼ったり頼られたりして生きているんだニャー。

俺の下僕は高校生の時、唯一無二の親友ができたらしい。一緒に勉強したり、遊びに行ったり。今でもその親友とは何でも話せるらしい。俺はパトロールをする時、近所の猫と、とりとめのない話をしたり、年上の猫には人生論（ニャン生論）を承ったりして、俺の存在意義を確かめているニャー。

俺の下僕は、大学生活を謳歌したらしい。いっちょ前に恋なんかしたりして。ねずみの国に遊びに行ったりして。俺も恋の季節になるとウキウキして、お泊まりしてくることもあるニャー。ねずみの国に行ったら本能剝き出しにならないように気をつけるニャー。

俺の下僕は、いっちょ前に定職に就いたらしい。〝社畜となった〟と下僕はため息をついていたらしい。だったら、紫さんちからやってきた今の俺は家畜？　ブルブル。やだやだ。なんだよ、家畜って！　家族だろ！

俺の下僕は、転職したらしい。今度はホワイト企業に移れたらしい。やりがいもあって土日は休みで充実していたみたいだニャー。うらやましいニャー。だって、今の俺は毎日下僕や下僕の家族を愛でるのが仕事。まぁまんざらでもないけどニャー。

俺の下僕は、なんだか仕事で悩んでいるらしい。どうも仕事がうまくいかず、ふさぎ込むことが多くなったらしい。そんな時、俺は下僕の家にやってきた。迎え入れるにあたって、俺のご飯やトイレの準備をして、少しは気が紛れたようだ。これからは嬉しい時も悲しい時も、お前と一緒だニャー。

下僕は毎朝、俺に〝紫さん〟から託されたカニカマをくれる。それとフード。姫は野菜でもなんでも食べていた。俺も下僕の家では好き嫌いなく、パンやうどんも食べることにしようかニャー。

下僕は、仕事のことで、ますます悩み事が増え、ちょっとしたミスを連発していることを俺に打ち明けた。真面目な下僕だからニャー。息を抜け。リラックスしろ。俺といる時くらい。悩みは分け合って暮らしていこう。家族ニャンだから。

下僕は、深刻な病気になった。明日からしばらくは休養して、家にいるんだと話してくれた。最近、食欲もなく、夜も眠れてニャかったようだ。俺は夜行性だからなんともニャいが、人間はそうはいかニャい。ゆっくりしろ。なんなら昼寝を一緒にしてやってもいいぞ。何てったって俺、「寝子」だからニャー。

下僕は、「今の仕事を辞めるんだ」と俺に言った。志半ばで辞めるのは、とても悔しいと涙を流していた。辞めたら人生が終わる……、白か黒か、全か無か、そんな風に人生決めつけなくてもいいんじゃニャいかニャー。グレーゾーンがあったっていいじゃニャいか。俺なんか縄張りに少々よそ者が来ても、見逃しているけどニャー。気持ちにゆとりを持つんだニャー。

下僕は、新しい仕事が決まった、と嬉しそうに話をしてきた。人間は定年退職した後の人生を第二の人生と言うらしい。でも、お前は次の仕事が第二の人生だ。老後を第三の人生と考えれば、とっても得した気分になるニャー。健康に気をつけるニャー。

健康あっての仕事だからニャー。

下僕は、このところ落ち着いた様子で毎日を過ごしている。仕事が全てじゃなく、家族という基盤があってこそ、と今頃気が付いたみたいだニャー。俺が毎日安心して暮らせるのも、お前たちがいるからだ。俺はお前のニャン倍も年を取るのが早い。だから、一日いちにちをとても大事に生きている。最期はお前の膝の上で天寿を全うしたいと思ってる。

そして、お前にはその義務がある。その時が来るまで元気でいろよ！

著者プロフィール

如月 一巳（きさらぎ かずみ）

和歌山県出身、在住。
地方公務員を経て、現在公的機関の非常勤職員として勤務。
休職、復職を繰り返す中、Let it be な生き方を見出し、現在に至る。
趣味は猫と話すこと、特技は猫の気持ちがわかること。

不登校そして鬱と

2023年 7 月15日　初版第 1 刷発行

著　者　如月 一巳
発行者　瓜谷 綱延
発行所　株式会社文芸社
〒160-0022 東京都新宿区新宿1－10－1
電話 03-5369-3060（代表）
03-5369-2299（販売）

印刷所　株式会社エーヴィスシステムズ

ISBN978-4-286-24157-9